www.pestalozzi-verlag.de

Die französische Originalausgabe erschien 2004 unter dem Titel
»Les grandes premières de l'histoire - Marco Polo en Chine« bei Casterman, Brüssel

Gestaltung: Petit Scarabée
Illustrationen im Anhang: Emmanuelle Etienne
Aus dem Französischen von Christine Gallus
Einbandgestaltung: Peter Gross
Gesamtherstellung: Verlags- und Medien AG, Köln
Printed in France

ISBN-10 3-614-31017-5
ISBN-13 978-3-614-31017-8

5 4 3 2 1 10 09 08 07 06

ABENTEURER & ENTDECKER

MARCO POLO DER WEG NACH CHINA

Laurence Ottenheimer
Mit Illustrationen von Nicolas Wintz
Aus dem Französischen von Christine Gallus

PESTALOZZI

Niccolo Polo
Kaufmann aus Venedig
Maffeo Polo
Niccolos Bruder und Geschäftspartner
Marco Polo
Niccolos Sohn

Kublai Khan
Mongolischer Kaiser und
Herrscher über China
Kokachin
Prinzessin, die dem
Khan von Persien
versprochen war

KAPITEL 1

DAS GROSSE WIEDERSEHEN

Marco ist fünfzehn Jahre alt. Zur Schule geht er schon lange nicht mehr. Statt zum Lateinunterricht zu gehen, spaziert er lieber durch die Straßen von Venedig. Da kann man viel mehr lernen! An diesem Morgen ist er im Arsenal*. Dort lassen die Arbeiter gerade eine Galeere ins Wasser. Ein Zimmermann ruft ihm zu: »He, junger Mann. Hast du nicht Lust, Matrose zu werden? Dann kannst du gegen Piraten kämpfen und nach Konstantinopel fahren!«

Konstantinopel ist die Hauptstadt des byzantinischen Reiches. Als Marco den Namen der orientalischen Stadt hört, leuchten seine Augen auf. »Konstantinopel? Da sind mein Vater und mein Onkel hingefahren!«

»Die Brüder Polo? Dann bist du also Niccolos Sohn? Wer weiß, was aus deinem Vater geworden ist!«

»Das möchte ich auch gerne wissen«, erwidert Marco bekümmert. »Wir haben schon seit neun Jahren nichts mehr von ihm gehört!«

Marco kann sich kaum noch an seinen Vater erinnern. Als Niccolo und Maffeo Venedig verließen, war er gerade mal sechs Jahre alt. Das war im Jahre 1260. Die beiden Brüder wollten sich mit ihrem Vater treffen,

der in Konstantinopel ein Kontor* besaß. Seitdem sind sie auf unerklärliche Weise verschwunden!
In diesem Moment beginnen plötzlich die Glocken des Campanile* zu läuten und reißen Marco aus seinen Gedanken.
»Die Galeeren! Die Galeeren kommen zurück!«, ruft er aufgeregt. Rasch läuft er zur Kaimauer, um beim Abladen zuzusehen. Von ihrer Reise in den Orient bringen die Seeleute edle Waffen, Musselin* und Samt, Pfeffer und Zimt, Smaragde und viele andere exotische Dinge mit. Später werden die Waren auf dem Rialto-Markt verkauft. Marco nimmt sich fest vor, am nächsten Tag hinzugehen. Er liebt es, den Händlern bei ihrer Arbeit zuzusehen. So hat er auch gelernt, mit dem Rechenbrett zu rechnen und hat die Gewichte, Maßeinheiten, Preise

und Wechselkurse kennen gelernt.

Doch jetzt will Marco erst einmal nach Hause zurück. Als er der Lagune im warmen Licht der untergehenden Sonne den Rücken zukehrt, ahnt er noch nicht, welche unglaubliche Überraschung ihn erwartet.

Zuhause empfangen ihn zwei Männer, die von einer langen Reise zurückgekehrt sind: Es sind Niccolo und Maffeo! Was für ein Wiedersehen! Im ersten Moment ist Marco so überwältigt, dass er kein Wort hervorbringt. Doch dann bestürmt er seinen Vater mit Fragen.

Heute Abend erzähle ich dir alles in Ruhe«, verspricht ihm Niccolo. »Lass dir nur so viel gesagt sein: Wir sind durch einen riesigen Kontinent gereist! Nachdem wir in Konstantinopel Waren eingekauft haben, sind wir nach Russland zu Berke Khan gekommen. Der mongolische Herrscher hat uns sehr freundlich empfangen und uns viele Edelsteine abgekauft.«

»Und dann?«, fragt Marco gespannt. Er platzt beinahe vor Neugier.

»Dann konnten wir nicht mehr den Weg zurückgehen, den wir gekommen waren. Denn in der Region herrschte ein Krieg. Dein Onkel Maffeo und ich mussten eine andere Route einschlagen, die nach Osten führte. Wir mussten eine unendlich lange Wüste durchqueren …«

»Siebzehn Tage hat es gedauert, bis wir endlich das Ende der Wüste erreicht haben«, fügt Maffeo hinzu.

»Ja, das war wirklich sehr anstrengend«, bestätigt Niccolo. »Danach sind wir durch alle möglichen Regionen gekommen. Und nach drei Jahren sind wir dann Kublai Khan höchstpersönlich begegnet. Vor unserer Weiterreise hat er uns einen Auftrag gegeben …«

Maffeo nickt. »Und deshalb können wir nicht allzu lange in Venedig bleiben. Der Khan wartet bestimmt schon ungeduldig auf uns!«

Niccolo mustert seinen Sohn mit einem schelmischen Lächeln. »Inzwischen bist du ja schon fast ein erwachsener Mann! Was hältst du davon, mitzukommen?«

* *Arsenal:* Schiffszentrum in Venedig. Hier wurden Schiffe und Galeeren gebaut
* *Kontor:* Handelsniederlassung in einem anderen Land
* *Campanile:* Glockenturm in Venedig
* *Musselin:* leichter, fast durchsichtiger Stoff
* *Lagune:* Bucht mit flachem Wasser
* *Khan:* Das Wort kommt ursprünglich aus dem Türkischen und bedeutet »Kaiser«

KAPITEL 2

AUF DEM WEG IN DEN ORIENT

Maffeo, Niccolo und Marco haben Venedig nun schon vor mehreren Monaten verlassen. Ihre erste Station war Jerusalem gewesen. Von dort nahmen sie ein kleines Fläschchen mit gesalbtem Öl mit.

»Wofür braucht Kublai dieses Öl?«, fragte Marco.

»Wahrscheinlich als Andenken an seine Mutter«, erklärte Niccolo. Sie war zum Christentum übergetreten.

Von Jerusalem ging die Reise weiter nach Saint-Jean-d'Acre. Dort trafen sie den neugewählten Papst Gregor X., um das zweite Versprechen für den Khan einzulösen. Der Khan wünschte sich eine Abordnung von hundert Gelehrten, die ihn und seine Untertanen in der christlichen Religion unterweisen sollten.

Papst Gregor gewährte ihnen allerdings nur zwei Mönche und die waren auch noch feige. Als sie nach Armenien kamen, nahmen die beiden Geistlichen aus Furcht vor den muslimischen Truppen Reißaus. Und so setzten die drei ihre Reise nach Zentralasien alleine

fort. Unterwegs kamen sie an vielen Festungen und Städten auf hohen Bergen vorbei. Vor allem die Reittiere in der Region beeindruckten Marco sehr.
»Diese Pferde sind wunderschön!«
»Es heißt, es sind die Nachkommen von Bucephal, dem Pferd Alexander des Großen«, erklärte Maffeo.

Später kamen die drei Reisenden zu Bergen, die so hoch sind, dass es aussieht, als würden sie bis zum Himmel reichen. Zu ihren Füßen erstrecken sich die weiten grasbedeckten Ebenen von Pamir. Doch hier oben in den Bergen sind die Nächte eiskalt, selbst jetzt in den Sommermonaten. Riesige Schafe laufen davon, als die Karawane näher kommt. Ihre Hörner sind so groß, dass die Schäfer Schalen daraus machen oder Spieße für ihre Weidezäune. Abends beim Biwak* wärmen sie sich an der bescheidenen Glut eines Lagerfeuers.

»Bei diesem winzigen Feuer bleibt das Fleisch so hart wie meine Schuhsohlen!«, beschwert sich Marco, während er die letzten Vorräte verzehrt. Die drei kommen immer wieder durch kleine Orte und treiben dort etwas Handel. Sie verkaufen Spiegel oder Augensalbe und kaufen Tierhäute, Wollteppiche, Lapislazulis*, Türkise* und natürlich auch Nahrungsmittel. Schließlich gelangen sie zur

Seidenstraße, auf der die Händler zwischen Samarkand und China hin-und herreisen. Die drei Venezianer schließen sich den Kamelkarawanen an, um die vor ihnen liegende große Wüste zu durchqueren.

»Nichts als Dünen und Sand so weit das Auge reicht!«, stöhnt

Marco. Bald wird es unerträglich heiß und er bekommt schrecklichen Durst.

»Von dem Wasser in den Brunnen kann man krank werden«, warnt ein Führer. »Ab jetzt reisen wir nur noch nachts. Aber nehmt euch in Acht: Der Wind flüstert den Reisenden seltsame Dinge ins Ohr!« Dann sagt er zu Marco: »Ich will dir einen guten Rat geben, junger Mann. Wenn du dich von der Karawane entfernst, werden dich die bösen Wüstengeister mitnehmen, und niemand wird dich je wieder finden, weil der Wind deine Spuren verwischt hat!«

Nach vierzig Tagen taucht endlich die grüne Landschaft der

Mongolei vor ihnen auf.
»Wir sind an der Grenze von Kublais Reich angelangt«, verkündet Niccolo.
Marco kann es kaum noch erwarten! Nach dreieinhalb Jahren Reise wird er endlich dem großen Khan von China begegnen.

---

* *Biwak:* Lager im Freien
* *Lapislazuli:* dunkelblauer Halbedelstein
* *Türkis:* grünblauer Edelstein

KAPITEL 3

AM HOF DES KHANS

»Ist das Wetter im Land des großen Khans immer schön?«, fragt sich Marco. An diesem Maitag im Jahre 1275 ist der Himmel wolkenlos. Wenn Kublai morgens seine Anweisungen gibt, befiehlt er angeblich auch der Sonne zu scheinen.

Maffeo und Niccolo machen sorgenvolle Gesichter. Wie wird der Khan reagieren, wenn er erfährt, dass kein Gelehrter mit ihnen gekommen ist? Wenigstens ist es ihnen gelungen, das Fläschchen mit Öl heil mitzubringen!

Doch zum Glück haben sich die Brüder umsonst Sorgen gemacht. Kublai macht ihnen keinerlei Vorwürfe. Er brennt darauf, zu erfahren, was sie unterwegs erlebt haben. Marco hat auf der langen Reise die Sprache des Kaisers erlernt. Deshalb kann er ihm nun alles erzählen. Bei seinem Bericht erinnert er sich an viele Einzelheiten, die er unterwegs gesehen oder gehört hat.

»Niemals hätte ich gedacht, dass es eine Pflanze gibt, deren Blätter groß wie Sonnenschirme sind. Sie heißt Rhabarber«, erzählt er.

»Du bist ein guter Beobachter, junger Mann, und ein ausgezeichneter Erzähler dazu! Deine Neugier gefällt mir«, bemerkt Kublai anerkennend.

Schon bald nimmt der große Khan Marco unter seine Fittiche. Er lädt ihn zur Jagd in seinen Sommerpalast ein. Der Herrscher reist in einem Tragsessel mit einem Sitz aus Tigerfell, der auf dem Rücken eines Elefanten befestigt werden kann. Sobald einer seiner Männer einen Kranich am Himmel entdeckt, öffnet sich das Dach der Sänfte und Kublai lässt seinen abgerichteten Falken los, damit der ihm die Beute bringt. Als Marco das Gelände des Sommerpalastes betritt,

staunt er nicht schlecht. Vor ihm erstreckt sich ein wunderschöner Park, in dem Hirsche, Hirschkühe und Antilopen herumspazieren. Überall hängen goldene Käfige mit Adlern, Gerfalken* und vielen anderen bunten Vögeln. In der Parkmitte steht ein riesiges Bambuszelt, das von zweihundert Seidenfäden gehalten wird. Die Dachstützen werden von Drachenfiguren überragt, die den Kaiser beschützen sollen. Sie sehen noch furchterregender aus als seine zahlreichen Wachen!

Einige Zeit später begleitet Marco den Kaiser nach Kambalu. Das ist die neue Hauptstadt, die der Kaiser erbauen ließ. Die quadratische

Stadt ist von einer Mauer mit zwölf gut bewachten Toren umgeben. Auf den langen, geraden Straßen kommen immer wieder große Reitergruppen vorbei. Mitten in der Stadt steht eine Sternwarte, mit der die Astrologen* die Sterne beobachten und Horoskope erstellen können. In seinem Marmorpalast empfängt der Kaiser zahlreiche Botschafter. Der Abgesandte aus Madagaskar hat ihm soeben exotische Geschenke mitgebracht: Stoßzähne afrikanischer Elefanten, Amber* und eine über zwei Meter lange Feder des Vogel Roch. Ständig werden Feste gefeiert. Essai ist Kublais Arzt, Astrologe und Vertrauter und flüstert Marco ins Ohr: »Der Kaiser sollte nicht so viel trinken! Er leidet an Gicht*!«

Essai hat sich mit Marco angefreundet. Er erklärt ihm viele Dinge, wie zum Beispiel das Papiergeld, das Kublai eingeführt hat.

»Diese rechteckigen Scheine mit dem kaiserlichen Siegel sind ebenso wertvoll wie Gold oder Silber. Alle Händler müssen sie benutzen.«

Marco betrachtet das Geld staunend. Bis jetzt hat er nur Gold- oder Silberstücke gesehen.

»Das klingt alles sehr interessant. Ich würde China so gerne einmal sehen!«

»Dein Wunsch wird in Erfüllung gehen, verspricht ihm Essai. Die Sterne sagen mir, dass du nach dem Weißen Fest wieder auf Reisen gehen wirst!«

* *Gerfalke:* Falkenarten mit hellem Gefieder

* *Amber:* ausgehärtetes goldgelbes oder rötliches Harz, das für Schmuck verwendet wird

* *Astrologe:* Jemand, der glaubt, dass die Position der Sterne den Charakter und das Leben der Menschen bestimmen

* *Gicht:* schmerzhafte Entzündung der Gelenke

KAPITEL 4

DER SCHÜTZLING DES KAISERS

Gekleidet wie ein Händler und in Begleitung eines chinesischen Dolmetschers beschreitet Marco die Straßen, die von Kambalu in sämtliche Provinzen des Kaiserreiches führen. Manchmal macht er bei den Stationen der Pferdepost Halt, wo sich Reisende mit heißem Reiswein aufwärmen. Die meisten von ihnen sind Eilboten, die Tag und Nacht auf ihren Pferden durchs Land galoppieren, um die Befehle des Kaisers zu überbringen.

Marco erinnert sich an die Worte, die ihm der Khan vor seiner Abreise mit auf den Weg gegeben hat: »Ich bin zwar der Kaiser von China, trotzdem bleibe ich für meine Untertanen ein Fremder. Erstens spreche ich nicht ihre Sprache, sondern nur die meines Stammes. Und zweitens misstrauen sie meinen mongolischen Offizieren. Du dagegen kannst dich unbefangen umsehen. Ich möchte gerne wissen, in welchen Regionen mein Papiergeld noch nicht akzeptiert wird. Außerdem interessiert mich, welche und wie viele Waren in den Städten verkauft werden, damit ich die Steuern berech-

nen kann.« Dann hatte der Khan hinzugefügt: »Bewahre diese Tafeln mit meinem Siegel gut auf. Sie werden dich beschützen und du wirst in meinem Reich überall gut aufgenommen werden. Und komm so schnell wie möglich zurück und berichte mir alles!«

Nachdem Marco sechs Monate durch den Süden Chinas gereist war, kehrte er zu Kublai zurück. Dieser war sehr angetan von seinem Bericht. Wenig später brach Marco Polo wieder auf.

Nach einer langen Reise mit Maffeo durch Tibet soll er nun die alte Herrscherresidenz Quinsay in Augenschein nehmen. Die Stadt mit ihren vielen Kanälen erinnert ihn ein bisschen an Venedig. Da Marco eine Schwäche für Zahlen hat, zählt er alles, was ihm auffällt: Es gibt zwölftausend Brücken, unter denen die Schiffe durchfahren, und viertausend Schwitzbäder, in denen sich die Bewohner waschen und entspannen! Er bewundert auch den wunderschönen See im Westen der Stadt, der von eleganten Palästen und zahlreichen Tempeln gesäumt ist. Allerdings verzichtet er darauf, zu schätzen, wie hoch die Steuern sein werden. Es sind einfach zu viele Waren. In der Stadt werden allerfeinster Zucker hergestellt und Reis, Pfeffer und Seide verkauft.

Ein anderes Mal bricht Marco wieder auf, diesmal an Bord einer Dschunke*. Der Khan hat ihn zum Botschafter von Indien ernannt.

Er macht einen Zwischenstopp in Ceylon, dessen König angeblich den größten Rubin* der Welt besitzt. Dann besucht er das Reich der Königin Mutfili und ihre Diamantenminen.
Bauern berichten ihm, wie sie die Edelsteine aus den engen Schluchten herausbekommen.

»Wir werfen frisches Fleisch auf die Steine, sodass es an den Diamanten hängen bleibt. Dann warten wir, bis sich die Adler die Fleischbrocken schnappen. Wenn sie zu ihrem Horst zurückfliegen, lösen sich die Diamanten und fallen auf den Boden. Dann muss man sie nur noch einsammeln!«

Marco wäre gerne noch weitergereist, doch er muss schnellstmöglich nach Kambalu zurück. Der Khan wird bald achtzig Jahre alt und

seine Krankheit hat sich verschlimmert. Wer weiß, was aus den drei Venezianern in dem fremden Land wird, wenn ihr Schutzherr plötzlich stirbt?

---

* *Dschunke*, Chinesisches Boot
* *Rubin:* leuchtend roter Edelstein

KAPITEL 5

AUF WIEDERSEHEN, CHINA!

An diesem Abend empfängt der Khan die drei Mitgliecler der Familie Polo zu einer Audienz.

»Marco, ich kann dich unmöglich nach Venedig zurückgehen lassen. Deine Dienste sind zu kostbar für mich. Und dann ist da noch etwas, was mich beschäftigt: Argoum, der Khan von Persien, hat mir seine Botschafter geschickt. Sie sollen für ihn eine Prinzessin zum Heiraten suchen. Ich habe die schöne Kokachin auserwählt. Allerdings ist die Reise auf dem Landweg zu gefährlich für sie, und ich weiß nicht, was ich tun soll ...«

»Mein Herr«, unterbricht ihn Marco. »Vertraut mir die Verlobte des Khans an. Ich werde sie auf dem Seeweg nach Persien begleiten. Vorausgesetzt, ihr gewährt mir eine gute Flotte, Lebensmittel für zwei Jahre, genügend Seemänner und Wachen zum Schutz der Schiffe.«

»Du sollst alles bekommen, was du brauchst«, antwortet Kublai. »Hier sind noch Goldtafeln mit meinem Siegel. Damit könnt ihr euch in meinem Reich frei bewegen. Ich vertraue ich dir noch einen Brief an den Papst und Geschenke für Könige in Europa an.«

So kommt es, dass sich Marco 1291 von Kublai Khan und China - dem Land verabschiedet, das er so gut kannte wie kein anderer Europäer dieser Zeit.
Doch nun sitzt die Expedition seit vier Monaten auf der Insel Sumatra fest. Marco hat die Hälfte seiner 2200 Seeleute bei der Überfahrt des chinesischen Meeres verloren. Wegen der anhaltenden Flaute mussten die Männer die Segel einholen und in sengender Hitze rudern. Viele von ihnen wurden krank. Als sie in einen Wolkenbruch geraten, müssen die Seemänner in aller Eile ein Lager auf der Insel errichten. Wie lange wird der Monsunregen* noch

anhalten?

Um die schöne Kokachin zu zerstreuen, besichtigt Marco gemeinsam mit ihr die Insel. Im Urwald sammeln sie Kokosnüsse und entkommen nur knapp dem Angriff eines Nashorns. An einem wunderschönen Wasserfall füllen sie ihre Wasservorräte auf. Am Rande eines Dorfes bieten ihnen Männer Palmwein an, doch die spitz zugeschliffenen Zähne der Einwohner erschrecken die Prinzessin etwas ...

Endlich verziehen sich die Wolken wieder und die Schiffe können nach Indien aufbrechen. Marco rät Kokachin, ihre Kabine nicht zu verlassen.

»In dieser Gegend wimmelt es nur so von Piraten. Über hundert

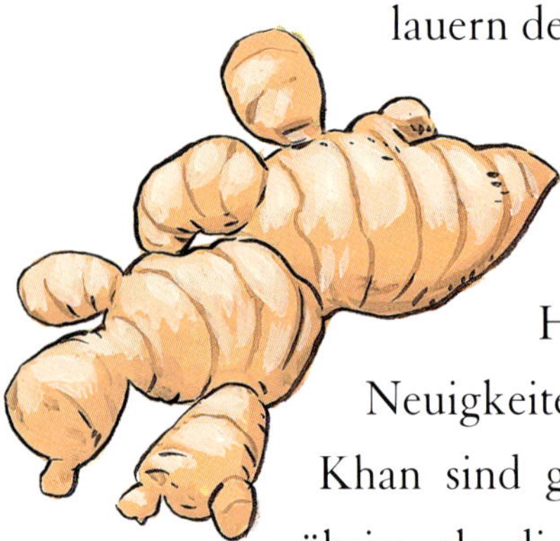

lauern den Händlern auf dem Meer auf.«

Nach einem Zwischenstopp, wo Marco Pfeffer, Ingwer* und Indigo* kauft, segeln die Schiffe schnellstmöglich nach Hormus. Im Hafen erfahren sie schlechte Neuigkeiten: Der Khan von Persien und Kublai Khan sind gestorben. So bleibt ihnen nichts anderes übrig, als die Prinzessin dem Sohn, des Khans von Persien, anzuvertrauen. Er stimmt zu, sie zu heiraten. Nachdem sie viele Monate gemeinsam verbracht haben, fällt Marco und Kokachin der Abschied voneinander schwer. Maffeo und Niccolo dagegen wollen schnellstmöglich weiterziehen.

Auch am Schwarzen Meer hat sich alles verändert: Der Hafen wird von Trapezunt wird nun von den Griechen kontrolliert und die Venezianer werden nicht besonders freundlich empfangen. Ehe sie an Bord eines Schiffes nach Konstantinopel gehen, müssen die drei Händler einen Großteil ihrer Waren abgeben. Doch dann sind sie endlich wieder in Venedig und in ihrem Geburtshaus. Nach 26 Jahren Abwesenheit ist es allerdings ziemlich baufällig geworden.

»Was für ein Glück, dass die Griechen unsere schönen Steine nicht haben wollten!«, sagt Marco lächelnd. »So kann ich mir wenigstens ein schönes Haus bauen, das der Familie Polo würdig ist, meine Geschäfte wieder aufnehmen ... und mir eine Ehefrau suchen.«

* *Monsunregen:* Zeit mit heftigem Wind und Regen in Südasien
* *Ingwer:* Pflanze und Gewürz aus Asien
* *Indigo:* blauer Farbstoff, mit dem man Kleider färben kann

MARCO POLO UND D

Nach seiner Rückkehr nach Italien veröffentlicht Marco Polo ein Buch mit seinen Reiseerinnerungen, das ihn weltberühmt macht. Das *Buch der Wunder* ist ein wertvolles Zeitdokument über den asiatischen Kontinent Ende des 13. Jahrhunderts. Allerdings mangelt es dem Bericht auch nicht an Fantasie!

Galeerenkapitän

Nachdem Marco Polo 25 Jahre in Asien unterwegs war, kehrt er in seine Geburtsstadt Venedig zurück. 1298 nimmt er an einer Seeschlacht zwischen Venedig und Genua teil. Die beiden Städte führen einen erbarmungslosen Kampf um die Handelsherrschaft im Mittelmeerraum. Die Genueser gewinnen und nehmen 7000 Gefangene, darunter auch den Galeerenkapitän Marco Polo.

Begegnung mit Rusticello

Marco Polo wird drei Jahre gefangen gehalten. Im Kerker freundet er sich mit einem Mann namens Rusticello an. Der Gefangene aus Pisa verdient sein Brot mit dem Schreiben von Rittergeschichten. Marco erzählt ihm seine Reiseerinnerungen und überträgt ihm die Aufgabe, ein Buch daraus zu machen.

AS BUCH DER WUNDER

Ein Bestseller

Rusticello schreibt auf Französisch wie die meisten Schriftsteller in dieser Zeit. Das Buch der Wunder wird in mehrere Sprachen übersetzt und ist schon bald ein Riesenerfolg. Könige und Fürsten begeistern sich für die Abenteuer des unerschrockenen Seemanns und Entdeckers. Die Händler wiederum interessieren sich für die vielen Kostbarkeiten, die es im Orient zu kaufen gibt.

Fantasievolle Einzelheiten

Die Menschen im Mittelalter glauben, dass unerforschte Gebiete von Fantasiewesen bevölkert sind. Nichts scheint ihnen unmöglich. So ist es auch kaum verwunderlich, dass Marco Polo die Arche Noah erwähnt, die auf einem Berg in Armenien gestrandet ist. Außerdem soll die Insel Angaman von Hundskopfaffen, Kannibalen mit Hundeköpfen, bewohnt sein.

ASIEN ZUR ZEIT VON

Vor Marco Polo sind nur sehr wenige Menschen aus anderen Ländern bis in den Norden Chinas vorgedrungen. Damals haben die Reisenden nur wenige Regionen des großen mongolischen Reiches durchquert und davon ist heute fast nichts bekannt. Die meisten von ihnen haben keine einzige Spur ihrer Reise hinterlassen.

Das mongolische Kaiserreich beherrscht Asien

1210 versammelt Dschingis Khan die mongolischen Stämme, die man früher Tartaren nannte. In 24 Jahren erobert er ein riesiges Gebiet, das sich vom Kaspischen Meer bis zum Pazifik erstreckt. Kurz vor seinem Tod teilt er sein Reich in vier Teile und vertraut sie seinen Söhnen an. Ugedei ist einer von ihnen. Er führt die Eroberungszüge nach Nordchina, Russland und Persien fort.

Z E I

1265
Niccolo Polo und sein Bruder Maffeo kehren nach Venedig zurück, nachdem sie fünf Jahre durch Asien gereist sind. Dort sind sie Kublai Khan begegnet.

1271
Niccolo und Maffeo Polo brechen wieder nach China auf. Der fünfzehnjährige Marco Polo begleitet sie.

1292
Marco, Maffeo und Niccolo verlassen China.

MARCO POLO

Erste Begegnungen mit den Mongolen

1241 stehen Ugedeis Truppen vor den Toren Venedigs und bedrohen Europa. Doch dann kehren sie plötzlich wieder um, weil ihr Oberhaupt gestorben ist. Die Menschen in Europa fürchten sich weiterhin davor, von den Reiterhorden erobert zu werden. Deshalb schickt der Papst den Mönch Jean du Plan Carpin 1245 zum Khan Güyük. Er hofft, ihn zum Christentum zu bekehren und zu einem Verbündeten zu machen. 1253 schickt der französische König Ludwig IX. Guillaume de Rubrouck mit demselben Auftrag los.

Die Seidenstraße

Seit der Antike reisen die Händler zwischen Europa und Asien auf der Seidenstraße. Das über 7000 Kilometer lange Wegenetz führt durch Wüsten und über Berge und verbindet den Osten mit dem Westen. Seide, Gewürze und Porzellan werden von den Karawanen der chinesischen Händler im Tausch gegen Gold, Silber und Pferde transportiert. Als die mongolische Herrschaft die Völker in Zentralasien vereint, gelangen zum ersten Mal Europäer nach China.

AFEL

1295
Nach 25 Jahren kehren die drei Mitglieder der Familie Polo nach Venedig zurück.

1298
Marco Polo gerät in Genua in Gefangenschaft. Dort schildert er Rusticello seine Reiseerinnerungen. Dieser schreibt für ihn *Das Buch der Wunder.*

1324
Marco Polo stirbt in seiner Geburtsstadt Venedig.

AUF DEM SEEWEG IN DEN ORIENT

3. FEBRUAR 1488

Der portugiesische Navigator **Bartolomeu Diaz** erreicht den Süden Afrikas: das Kap der Guten Hoffnung. Auf diese Weise beweist er, dass man nach Asien gelangt, wenn man Südafrika umschifft. Von da an macht sich ganz Europa daran, die Welt zu erobern.

1492 GEN WESTEN!

Christoph Kolumbus, der Entdecker aus Genua, versucht westwärts über den Atlantischen Ozean nach Asien zu gelangen. Als er auf den Bahamas vor der amerikanischen Küste anlegt, glaubt er, er sei in Indien.

1519 DIE ERDE IST RUND!

Der portugiesische Seefahrer **Ferdinand Magellan** macht sich als Erster daran, die Erde zu umrunden. Auf den Philippinen wird er getötet und einer seiner Leutnants vollendet die Reise. Von 256 Männern kehren nur 18 lebend zurück! Die Reise beweist, dass die Erde rund ist und Amerika und Asien zwei voneinander getrennte Kontinente sind.

1601 IN MACAU

Die ersten europäischen Schiffe erreichen Macau. An Bord sind **jesuitische Missionare**. Ihr Oberhaupt Matteo Ricci wird in Peking empfangen. Der Kaiser ist von seiner Weltkarte fasziniert. Auf der Karte sind fünf Kontinente abgebildet – der größte davon ist Ya-si-Ya. Das Reich der Mitte (China) ist eines von hundert Ländern Asiens.

Wer noch mehr wissen will ...

AUF DER SEIDENSTRASSE

1875 EIN GOLDENES ZEITALTER

Der deutsche Geograf Baron **Ferdinand von Richthofen** kehrt nach fünfjähriger Reise aus China zurück. Er ist der Erste, der das Netz der Karawanenwege durch Asien **«die Seidenstraße»** nennt. Die vielen Tempel und Ruinenstädte begeistern die Archäologen.

1900 HÖHLEN UND FRESKEN

Der englische Forscher und Archäologe Sir **Mark Aurel Stein** begibt sich auf die Suche nach den Schätzen, die seit Jahrhunderten auf der Seidenstraße vergraben sind. Auf drei großen Reisen entdeckt er Gräber, Statuen, Fresken und eine geheime Bibliothek, die seit 900 Jahren in einer Höhle verborgen war. Der Inhalt wird heute in Museen in Paris und London aufbewahrt.

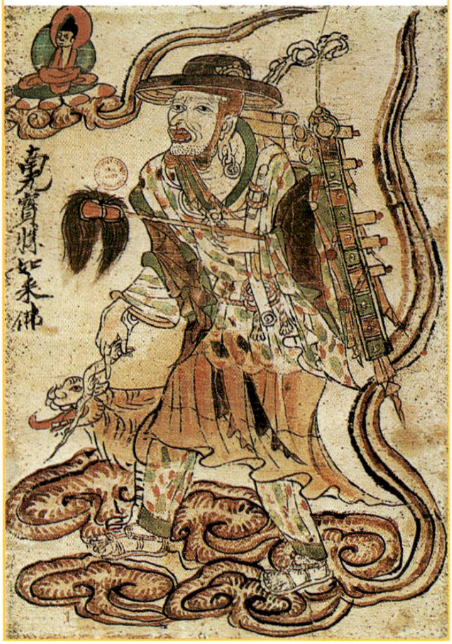

1931 DIE ABENTEUERREISE

Von 1931 bis 1932 organisiert der Automobilbauer **Citroën** eine Expedition mit Raupenfahrzeugen durch Asien. Ein Filmemacher, ein Maler, Fotografen und Wissenschaftler nehmen an der abenteuerlichen Reise teil. Im Himalaja werden die Fahrzeuge vollständig auseinauder gabaut und auf dem Rücken von Trägern durch das Gebirge transportiert!

2000 MIT DEM FAHRRAD DURCH DEN ORIENT

Viele junge Menschen folgen den Spuren und Entdeckungen der Reisenden von einst. Vier Pariser Studenten legen in weniger als einem Jahr von Samarkand bis nach Peking über **15.000 Kilometer mit dem Fahrrad** zurück. Im Internet kann man ihre Reise mitverfolgen.

DIE JESUITEN IN CHINA

1739 DER MALER DES KAISERS

Der Maler und Jesuit **Jean Denis Attiret** kommt an den kaiserlichen Hof. Er soll Porträts, Landschaftsbilder, Jagdszenen und Schlachten für den Kaiser Qianlong malen. Als kaiserlicher Maler hat er Zugang zu den Gärten und Räumen der Verbotenen Stadt. Durch seine wunderbaren Beschreibungen kommen in Europa die chinesischen Gärten in Mode.

1655 FÜR DIE WISSENSCHAFT

Die katholische Mission, die von Pater **Matteo Ricci** in Peking gegründet wurde, nimmt neue Jesuiten auf. Doch nicht alle chinesischen Kaiser sind der christlichen Religion wohlgesinnt. Im Jahre 1655 entrinnt der Astronom, Waffenschmied und Musiker Pater Schall nur knapp dem Tod dank des Auftauchens eines Kometen.

1793

Joseph Amiot wird in Peking begraben. Er ist der letzte Überlebende der französischen Mission in China. Der Astronom, Physiker und Mathematiker schrieb zahlreiche Briefe an europäische Wissenschaftler. 1830 werden die letzten Missionare aus China ausgewiesen und das Land schließt seine Pforten. Nur der Hafen von Kanton ist für Europäer noch zugänglich.

1860 UNGELIEBTE GÄSTE

Durch die **Opiumkriege** im 19. Jahrhundert bleibt den chinesischen Kaisern nichts anderes übrig, als die Anwesenheit von Ausländern in ihrem Land zuzulassen. Soldaten, Händler und Missionare aus Europa lassen sich in China nieder. Der Sommerpalast bei Peking wird geplündert. Nur die **Verbotene Stadt** bewahrt ihr Geheimnis.